Ginette Anfousse

Le chien d'Arthur

Illustrations
d'Anne Villeneuve

W9-ANO-726

la courte échelle
Les éditions de la courte échelle inc.

Les éditions de la courte échelle inc.
5243, boul. Saint-Laurent
Montréal (Québec) H2T 1S4

Conception graphique:
Derome design inc.

Révision des textes:
Odette Lord

Dépôt légal, 1er trimestre 1993
Bibliothèque nationale du Québec

Données de catalogage avant publication (Canada)

Anfousse, Ginette

Le chien d'Arthur

(Premier Roman; PR30)

ISBN: 2-89021-186-X

I. Titre.   II. Collection.

PS8551.N42C54 1992   jC843'.54   C92-096715-9
PS9551.N42C54 1992
PZ23.A63Ch 1992

Ginette Anfousse

Née à Montréal, Ginette Anfousse a fait des études aux Beaux-Arts. Après avoir dessiné pour la télévision, les journaux et les magazines, elle se met à écrire. C'est elle qui a créé les personnages Jiji et Pichou, Rosalie et Marilou.

Ginette Anfousse a reçu de nombreux prix, autant pour le texte que pour les illustrations: Prix du Conseil des Arts; Prix d'excellence de l'Association des consommateurs du Québec; Prix Québec-Wallonie-Bruxelles; Prix Fleury-Mesplet, décerné au meilleur auteur de littérature-jeunesse des dix dernières années; et prix du livre M. Christie. Certains de ses livres ont été traduits en anglais, en chinois et en espagnol.

Le chien d'Arthur est le neuvième roman qu'elle publie à la courte échelle. Et comme Ginette Anfousse adore faire rire et sourire les petits et les grands, elle continue de plus belle.

Anne Villeneuve

Anne Villeneuve est née en 1966. En illustration, c'est une autodidacte. Avant de décider de devenir illustratrice, elle voulait devenir clarinettiste.

Pour garder le rythme, elle illustre maintenant des livres pour les jeunes, des casse-tête, des jeux dans *TV-Hebdo* et elle travaille en publicité. On retrouve aussi ses bandes dessinées dans *La Presse* du samedi. Elle rencontre également des groupes de jeunes dans les écoles maternelles et primaires.

Anne Villeneuve a deux chiens, Samba et Laïla. Et même s'ils sont aussi tannants qu'Arthur, elle les aime beaucoup. En plus de dessiner, elle adore voyager et elle rêve de faire un voyage autour du monde.

Le chien d'Arthur est le troisième roman qu'elle illustre à la courte échelle.

De la même auteure, à la courte échelle

Collection albums

Série Jiji et Pichou:
Mon ami Pichou
La cachette
La chicane
La varicelle
Le savon
L'hiver ou le bonhomme Sept-Heures
L'école
La fête
La petite soeur
Je boude
Devine?
La grande aventure

Collection Premier Roman

Série Arthur:
Le père d'Arthur
Les barricades d'Arthur

Collection Roman Jeunesse

Série Rosalie:
Les catastrophes de Rosalie
Le héros de Rosalie
Rosalie s'en va-t-en guerre
Les vacances de Rosalie
Le grand rêve de Rosalie

Collection Roman+
Un terrible secret

Ginette Anfousse

Le chien
d'Arthur

Illustrations
d'Anne Villeneuve

la courte échelle

*À Guylaine Duval
et à son chien Rantanplan*

1
Un chihuahua
ou un chien-saucisse?

Il est tard, très tard, presque minuit.

Arthur Belhumeur est couché dans sa chambre et il a bien du mal à s'endormir. Dimanche, son bébé chien tout neuf, dort sur son ventre. Il dort pendant qu'Arthur, lui, a des problèmes par-dessus la tête.

Ça fait à peine une journée que son chien est arrivé. Et, non seulement ce matin, Dimanche a fait pipi dans son lit... mais, toujours à cause de son bébé-basset, Arthur a eu cette histoire avec Martin Gratton.

Puis ce midi, cette autre histoire avec son papa. Puis ce soir, cette autre histoire avec Charlotte Loiseau.

En y pensant bien, Arthur est certain que pour le pipi, c'était un peu de sa faute. Mais ce matin, avec Martin Gratton, il est convaincu qu'il a bien agi. Après tout, Arthur promenait tranquillement son bébé-basset quand cet idiot de Martin a foncé sur lui en hurlant:

— Ton chien, c'est un chihuahua?

Arthur a d'abord froncé les sourcils en pensant qu'il fallait être un peu patate pour confondre un affreux chihuahua et un merveilleux chien-saucisse.

Mais ensuite, si Arthur est devenu rouge comme une tomate,

si Arthur a un peu perdu les pédales..., c'est que l'idiot de Martin s'est penché pour tâter Dimanche partout en disant, moqueur:

— Il est bien bas sur pattes! Il a les oreilles bien longues! Il a le poil bien ras! Il a la queue bien raide! Puis il a les pieds bien croches... Tu devrais l'appeler Ti-boutte ou Rase-mottes, si tu veux mon avis.

Martin, qui riait comme s'il venait de raconter la blague la plus *cornichonne* du monde, s'est retrouvé... PATAF sur le plancher des vaches.

Ensuite, Arthur en a profité pour verser tout son sac de poil à gratter dans le pantalon de Martin. Pour attraper son Dimanche en vitesse, pour prendre

ses jambes à son cou et pour filer droit à la maison.

Comme Martin Gratton est beaucoup, beaucoup plus grand que lui, Arthur Belhumeur n'a jamais été aussi fier de sa vie.

Finalement, c'est un peu plus tard que les choses ont mal tourné, un peu plus tard..., quand Arthur avalait sa troisième rôtie à la banane, que le téléphone a sonné. C'était la maman de Martin qui voulait parler au papa d'Arthur.

Arthur aurait bien voulu lui claquer SCHLAC la ligne au nez, mais déjà M. Belhumeur avait saisi l'appareil. Arthur en a profité pour se faufiler dans sa chambre et coucher Dimanche dans son panier.

Il avait deux mots à dire à

son chien. Deux mots pour le consoler. Deux mots pour faire comprendre à son bébé-basset qu'il n'avait pas à s'en faire.

Deux mots pour lui dire que, grâce au magasin de farces et attrapes de son père..., il avait un arsenal complet de bombes puantes, de poil à gratter et de pistolets à eau pour le protéger.

Bref, il voulait lui dire que lui, Arthur, le défendrait toujours. Même si, pour le moment, il devait se rendre à l'école et le laisser seul tout l'avant-midi.

Enfin, Arthur voulait surtout prévenir son bébé chien de se boucher les oreilles. Lui dire que son papa allait faire une colère terrible.

Finalement, la queue de son Dimanche frétillait comme s'il

avait compris... quand André Belhumeur est entré dans la chambre. Arthur s'attendait au pire, mais son papa a seulement dit:

— C'est fini, Arthur!!! Finies, les bombes puantes! Finis, les pétards à mèche! Fini, le poil à gratter! Fini pour toujours, tu as compris?

Arthur qui n'avait pas encore saisi que POUR TOUJOURS, c'est comme POUR TOUTE LA VIE, avait seulement répondu OUI.

2
Un chou-fleur
et un macaroni

Toujours en y pensant bien, Arthur se dit aussi que son père aurait peut-être oublié cette histoire de poil à gratter... si, en revenant de l'école avec lui, ce midi, ils avaient retrouvé Dimanche sagement couché dans son panier.

Mais tout dans la maison était tellement de travers et tellement à l'envers! Tellement sens dessus dessous, surtout!

D'abord, en poussant la porte, Arthur avait bien ri. Son bébé chien n'était pas du tout couché dans son panier. Il dormait, au milieu du corridor, bien installé dans un soulier de son papa.

M. Belhumeur, lui, avait moins ri. Sa chaussure neuve avait l'air d'un chou-fleur et son lacet, d'un vieux macaroni.

Un peu plus loin sur le tapis, il y avait aussi une montagne de papier journal déchiqueté. Arthur avait encore ri. Et si son père refusait toujours de rire..., c'est qu'il avait reconnu son journal. Celui qu'il n'avait pas encore lu. Celui qu'il s'apprêtait à lire, comme tous les midis.

Finalement, ce n'est qu'en entrant dans sa chambre qu'Arthur avait moins ri. Il y avait une drôle d'odeur qui flottait dans l'air. Pas une odeur de bombes puantes, parce que ce matin, son papa les avait toutes raflées..., avec ses pétards à mèche et son poil à gratter.

Non, il y avait dans l'air comme une forte odeur de restaurant.

Arthur avait pensé tout de suite à sa réserve de mayonnaise, de ketchup, de moutarde et de vinaigre. Et il n'a pas été surpris une miette de retrouver, sous son lit, une dizaine de sachets éventrés, puis abandonnés.

Arthur a été beaucoup plus surpris de découvrir juste à côté... sa paire de chaussettes préférée, complètement effilochée. Puis son tee-shirt avec un dinosaure fluo, tout mâchouillé. Puis sa casquette de baseball, entièrement et totalement trouée.

Il aurait fait une de ses colères si Dimanche n'avait pas sauté sur lui, en poussant des petits cris. Des cris comme pour se faire excuser. Se faire caresser et sûrement se faire pardonner.

Enfin, à le voir si triste avec sa mine de chien-saucisse, Arthur l'a soulevé dans les airs. Mais, à l'instant où il allait lui donner un bec SMACK sur le museau, il a entendu un hurlement terrible, suivi d'un:

— Arthur, viens ici tout de suite.

Arthur qui soupçonnait un autre malheur épouvantable est entré dans la cuisine avec son bébé chien. Et il l'a serré bien fort sur son coeur en apercevant sous la table, la fameuse flûte à bec de son papa..., grugée comme un os, du *mi* au *fa*.

Arthur qui ne savait ni quoi dire ni quoi faire a d'abord posé son chien par terre. Puis, prenant délicatement la flûte entre ses doigts, il a marmonné comme s'il avait deviné la monstrueuse pensée de son papa:

— Ou bien donc je le dompte, ou bien donc on s'en débarrasse... c'est ça?

Et Arthur, hébété, a entendu son père lui répondre:

— Oui, Arthur, c'est bien ça.

3
Le chat
d'une chanteuse d'opéra

Finalement, c'est en pensant à Charlotte Loiseau, la bardasseuse de quilles, qu'Arthur est vraiment, vraiment convaincu... que c'est l'ancienne amie de son papa qui a super exagéré.

Elle a super exagéré... de vouloir faire payer à M. Belhumeur une nouvelle paire de bas, un nouveau jupon, un nouveau chapeau, une visite chez le vétérinaire... et trois tonnes de pilules pour les nerfs.

Arthur pense aussi que Charlotte Loiseau est un peu dérangée, peut-être même tout à fait capotée!

Enfin, c'est elle qui, un peu avant dix-huit heures trente, est venue écornifler. Elle qui, pour provoquer Dimanche, c'est certain, a poussé la clôture du jardin, un chat dans les bras. Le chat ridicule d'ailleurs, d'une de ses amies, chanteuse d'opéra.

Arthur, lui, bavardait gentiment avec son Dimanche. Il était tellement fier de la niche toute neuve que son papa venait de lui acheter. Il se demandait justement s'il allait la peindre ou bien donc en rouge, ou bien donc en vert.

Il hésitait encore quand son bébé-basset lui a filé entre les jambes... pour se ruer, comme une flèche, dans les pattes de Mlle Loiseau.

Le chat qui, comme tous les chats, est un lâche de la pire espèce, a quitté les bras de Charlotte Loiseau... pour grimper tout droit sur son chapeau. Puis... du chapeau à une branche. Puis d'une branche à l'autre, le pauvre s'est retrouvé au sommet du plus haut érable de toute la ville de Saint-Jérôme.

C'est normal, puisque le seul arbre, deux fois centenaire, se trouve dans la cour de M. Belhumeur.

Enfin, Arthur a entendu crier, hurler, japper, miauler et feuler comme dans un film de guerre.

Son père qui préparait un pâté chinois est sorti en courant... Il a d'abord foncé sur la bardasseuse de quilles pour défaire les crocs de Dimanche, drôlement

coincés... dans les dentelles du jupon de Charlotte Loiseau.

Ensuite, pour récupérer le chat... son père a suggéré d'appeler les pompiers. Charlotte Loiseau d'appeler la police. Enfin, c'est un voisin champion d'escalade qui a grimpé au sommet de l'arbre pour rapporter la bête.

La bardasseuse de quilles a attrapé son chat illico. Et s'est enfuie, le chapeau et le jupon de travers, sans même rajouter un mot.

Finalement, Arthur et son papa étaient certains que tout était fini. Mais, un peu avant la grande noirceur, alors qu'Arthur s'amusait avec Dimanche dans son lit..., Charlotte Loiseau est revenue le chapeau toujours de travers et les baguettes en l'air.

C'est là qu'Arthur a entendu parler de jupons, de chapeaux, de vétérinaire... et de pilules pour les nerfs. C'est là aussi qu'il a entendu la bardasseuse de quilles hurler:

— Ton fils est un monstre, André Belhumeur. Le pire monstre de toute la ville de Saint-Jérôme! Et son chien est pareil à lui, une graine de monstre, lui aussi!

Arthur en a profité pour expliquer à son Dimanche qu'un monstre, ce n'est pas grave du tout. Qu'il y en avait tout plein dans le magasin de farces et attrapes de son papa. Mais qu'à l'avenir, il serait préférable d'éviter les chats qui font des crises de nerfs! Et toutes les Charlotte

Loiseau qui ont des chapeaux!

Enfin, comme Arthur n'avait plus envie d'entendre ni les lamentations de Charlotte Loiseau, ni les OUI, OUI de son papa..., il a caché Dimanche dans son pyjama, puis il a relevé les couvertures par-dessus sa tête.

Arthur voulait dormir. Dormir avant que son père vienne lui reparler de choses épouvantables, monstrueuses et abominables.

Dormir pour oublier qu'en vingt-quatre heures à peine..., même si Martin Gratton avait couru après..., même si la flûte à bec de son papa ressemblait drôlement à un os à gruger..., même si Charlotte Loiseau est toujours aussi dérangée..., Arthur, lui, a décidément des problèmes pardessus le coco.

4
Un journal,
des pantoufles!

C'est pour ça aussi qu'il est tard, tellement tard. Pour tout ça surtout que, même si Arthur voudrait dormir pour oublier, il veille. Il veille en serrant fort, très fort son bébé chien sur son coeur.

Le lendemain matin, après une nuit bien courte, Arthur se réveille ou plutôt se fait réveiller comme la veille. Il se souvient à quel point il s'était amusé.

D'abord, Dimanche lui avait arraché les couvertures pour lui renifler les orteils. Puis il lui avait piétiné le dos, mordillé le cou et léché les oreilles.

C'était si drôle et ça chatouillait tellement qu'Arthur avait décidé de faire le mort. De faire comme s'il dormait encore. Mais ce matin, Arthur se souvient que c'est comme ça, exactement comme ça, que son Dimanche avait fait pipi dans son lit.

Alors, pour ne pas se dire encore: «Zut de zut, j'aurais dû y penser avant!», Arthur décide, sitôt les couvertures arrachées, de s'habiller en vitesse. D'attraper la laisse de son chien. De l'accrocher, CLIC, à son collier. Et de filer droit à la porte d'entrée.

Une fois dans la rue, il décide aussi de bifurquer vers la gauche, histoire d'éviter un certain

idiot. Celui qui confond justement les affreux chihuahuas avec les merveilleux chiens-saucisses.

Puis, en chemin, il retient son Dimanche de toutes ses forces..., histoire encore d'empêcher son basset de foncer ou sur une Charlotte Loiseau ou sur le chat d'une chanteuse d'opéra.

Enfin, ce matin, Arthur a tellement peur de perdre son Dimanche... qu'avant de partir pour l'école, il ramasse non seulement tout ce qui traîne dans sa chambre..., mais aussi tout ce qui traîne dans la chambre de son papa.

Finalement, en quittant la maison, Arthur est certain qu'aucune flûte, aucune chaussette, aucun sachet de moutarde, de ketchup ou de mayonnaise ne traîne dans un coin. Et par précaution, il écrit un mot au livreur de journaux:

S.V.P., ne pas glisser le journal de mon papa dans la fente de la porte. Le laisser par terre. Merci.

Ensuite, Arthur se sent un peu tranquille. Mais à midi, en revenant de l'école avec son père..., son coeur bat aussi fort que le moteur d'une tondeuse à gazon.

Bref, en ramassant le journal, il espère que le reste de la maison est en aussi bon état que le journal de son papa.

Enfin, Arthur s'est énervé pour rien.

Aujourd'hui, non seulement rien, absolument rien n'a été grugé, mâchouillé, troué ou déchiré..., mais Arthur trouve son Dimanche bien installé dans son panier.

Il a le nez coincé dans les pattes et dès qu'il aperçoit Arthur, Dimanche relève le derrière et frétille encore de la queue.

Arthur est tellement ému, il le trouve si sage, si beau, si rigolo, si crapaud et si intelligent surtout... qu'il n'est pas étonné d'entendre son père marmonner derrière son épaule:

— Après tout, il n'est pas si bête, ton chien. Un jour, il apprendra peut-être à m'apporter mon journal... avant d'en faire un tas de confettis, je veux dire.

Arthur, qui n'a plus aucun

doute sur l'intelligence de son chien, lui répond:

— Non seulement un jour, il t'apportera ton journal, mais il t'apportera tes pantoufles en plus.

Et Arthur pense même que ce jour-là, c'est aujourd'hui. Il est certain qu'il faudra à peine quelques minutes à son Dimanche pour apprendre des tas de trucs pour se faire aimer. Des trucs pour que jamais, jamais son père ne reparle de s'en débarrasser.

Enfin, c'est pour ça aussi que, pendant tout le repas, Arthur tente à tout prix de convaincre son papa... de le laisser revenir à la maison, après l'école ce soir. Arthur est certain d'être assez grand pour rester tout seul à l'attendre pendant deux heures.

André Belhumeur, qui n'a jamais laissé son fils sans surveillance, hésite. Après tout, on dit partout qu'Arthur est un monstre! Et que, depuis hier, il a aussi pour complice une graine de monstre!!!

Finalement, après avoir tortillé sa moustache six fois..., puis frotté longuement son crâne qui reluit maintenant comme le ventre de la bouilloire électrique, le papa d'Arthur dit OUI.

Alors, Arthur a la certitude

que, ce soir, en revenant de son magasin de farces et attrapes..., son père aura la surprise de sa vie.

5
Chien méchant?
Femme méchante!

Il est déjà seize heures et demie, Arthur est assis sur son lit et il est plutôt découragé.

En une demi-heure, son Dimanche n'a appris ni à rapporter une pantoufle, ni à donner la patte, ni à faire le beau..., ni même à s'asseoir ou se coucher.

Arthur se dit, le coeur serré:

— Ou bien donc mon chien est dur de *comprenure,* ou bien donc il ne pense qu'à jouer.

Puis Arthur remarque que les deux pantoufles de son papa ont déjà perdu leurs pompons et que les semelles menacent drôlement de se décoller.

Alors, Arthur devine que ce n'est pas aujourd'hui que son père aura la surprise de sa vie! Qu'au fond son Dimanche est peut-être un petit peu idiot! Qu'il n'est pas fait pour apprendre!

Puis... Arthur a honte. Honte parce qu'en croisant le regard triste de son chien-saucisse, il s'imagine que Dimanche a lu dans ses pensées. Enfin, Arthur décide de tout recommencer. Recommencer à répéter et répéter:

— Couche! Assis! Donne! Rapporte! La patte! Le journal! Les pantoufles! Le beau! Ici!

Mais à dix-sept heures, c'est toujours comme si Arthur parlait chinois. Dimanche fait tout de travers et Arthur est complètement démoralisé.

Finalement, c'est au moment précis où il décide de tout laisser tomber qu'il entend un BADANG épouvantable, suivi d'une voix qui lui crie, de la fenêtre:

— Arthur Belhumeur, tu es maniaque ou quoi?

Arthur reconnaît tout de suite la voix et les manières de Lulu Latreille, sa meilleure amie. Mais... s'il y a une personne sur la terre qu'il ne voudrait pas voir aujourd'hui, c'est bien elle!

Elle qui possède le seul autre chien-saucisse pure race de toute la ville de Saint-Jérôme! Elle qui hurle sur tous les toits que son Gaston vient du Texas et qu'il est le chien le plus intelligent de l'univers!

Alors, Arthur est super écoeuré lorsqu'il voit Lulu bondir dans sa chambre en lançant:

— À quatre mois déjà, mon
Gaston, lui, aboyait jusqu'à dix.
Il reconnaissait sa patte gauche
de sa patte droite. Il jouait à la
cachette et il avait presque appris à jouer au Monopoly.

Arthur aurait bien voulu l'é-

crapoutir FLUNCH comme une galette. Mais lorsqu'il la voit approcher de son Dimanche en disant:

— Comme il est petit. Comme il est gentil... Tu sauras, Arthur Belhumeur, que tu es pas mal nouille, pas mal patate d'avoir planté cette affiche devant ta maison.

Arthur hésite, il hésite avant de l'écrapoutir comme une galette.

Il hésite parce qu'il ne comprend rien, absolument rien à cette histoire d'affiche.

Il comprend seulement quand Lulu le traîne devant sa maison pour lui montrer la pancarte CHIEN MÉCHANT! Même qu'il comprend surtout que c'est encore un coup de Charlotte Loiseau.

Lulu, qui connaît bien la bardasseuse de quilles, elle aussi, est tout à fait d'accord avec lui. Mais elle l'est plus encore quand Arthur lui raconte l'histoire du chat, des pilules pour les nerfs, du jupon et du chapeau.

Enfin, comme son amie a toujours les meilleures solutions du monde..., il trouve absolument super, hyper intelligent de fabriquer une autre affiche où il écrit: FEMME MÉCHANTE! Puis d'aller la coller SPLASH sur la porte de Charlotte Loiseau.

Finalement, Arthur qui avait déjà des problèmes par-dessus la tête... ne peut imaginer, encore, les conséquences terribles de ces deux petits mots.

6
La loi, c'est la loi!

D'abord, en arrivant de son magasin de farces et attrapes, André Belhumeur n'en finit plus de dire à son fils comme il est content. Comme il a bien fait de lui faire confiance.

Il n'en finit plus de dire à Arthur qu'il s'en veut énormément d'avoir hésité..., de lui dire que lui et Dimanche ont été si parfaits aujourd'hui que c'est vraiment la surprise de sa vie.

Arthur, qui aurait voulu que la surprise soit autre chose, sourit. Enfin, il est si content, lui aussi, qu'il n'a pas l'idée une miette d'aller répondre au téléphone... pour claquer la ligne au nez de qui vous savez.

Il est seulement étonné pendant trois minutes de voir à quel point le crâne chauve de son papa rougit.

Étonné et désolé d'entendre son père lui raconter ensuite qu'il n'est plus content! Qu'il avait eu tort de lui faire confiance! Qu'il n'aurait jamais dû hésiter! Qu'au fond toute la ville de Saint-Jérôme a raison! Lui et Dimanche sont vraiment deux petits monstres dont il faut se méfier!!!

Arthur aurait bien aimé lui dire que c'est Charlotte Loiseau qui a tout commencé. Mais son père est tellement en colère... que c'est seulement quand Arthur court dans sa chambre chercher la fameuse pancarte CHIEN MÉCHANT que son père se calme.

André Belhumeur commence alors à comprendre que la bardasseuse de quilles a peut-être couru après.

Enfin, même si M. Belhumeur semble un peu d'accord avec lui..., ni Arthur ni son papa ne peuvent encore deviner ce que Charlotte Loiseau est en train de comploter pour se venger. Ce n'est que vingt minutes plus tard qu'ils comprennent.

Vingt minutes plus tard, quand deux policiers frappent à la porte en disant que la loi, c'est la loi! Qu'ils doivent répondre à toutes les plaintes, surtout celles où on soupçonne un chien d'avoir attrapé la rage! Qu'ils n'ont pas le choix..., ils doivent amener le chien ou à la four-rière, ou chez un vétérinaire!

Sous le choc, M. Belhumeur choisit le vétérinaire. Mais Arthur, qui pleure à chaudes larmes, refuse absolument d'abandonner son bébé chien. Il l'a déjà glissé dans son blouson, d'ailleurs, et il menace quiconque oserait y toucher.

Après plusieurs tentatives totalement inutiles pour convaincre Arthur..., les policiers acceptent finalement que lui et son père les accompagnent chez le vétérinaire.

En chemin, le coeur d'Arthur bat encore comme le moteur d'une tondeuse à gazon. Dimanche, qui dort sur son bedon, ne se doute de rien. Enfin, Arthur qui d'habitude est brave comme pas un arrive chez le vétérinaire, les jambes en guenilles et complètement terrorisé.

Finalement, Arthur a vraiment l'impression qu'on lui arrache le coeur quand on lui enlève son Dimanche pour l'examiner.

Il est tellement triste, tellement perdu dans ses pensées qu'il comprend à peine quand, une heure plus tard..., le vétérinaire lui annonce que non seulement son chien n'a pas la rage, mais qu'il est en parfaite santé.

Puis Arthur ne sait pas s'il doit rire ou pleurer lorsque le vétérinaire ajoute, malgré tout:

— C'est un beau bébé-basset. Mais... même s'il est en parfaite santé, il serait préférable de le vacciner.

Arthur, qui se souvient très bien de son dernier vaccin, fait une grimace épouvantable.

Et il a les larmes aux yeux, et il serre les dents et il voudrait crier, hurler... quand il aperçoit la seringue qui lui paraît longue comme un soulier de son papa, entrer dans la cuisse de son bébé chien.

Pendant dix interminables secondes, Dimanche, lui, n'a ni bougé, ni pleuré, ni même poussé un petit cri.

Arthur, qui tremble comme une feuille, comprend finalement que... si Dimanche n'est pas le chien le plus intelligent de l'univers, il est sûrement le chien le plus courageux de toutes les galaxies.

Et comme M. Belhumeur a horreur des piqûres, lui aussi, Arthur sait que son papa pense enfin comme lui.

7
Jouer aux quilles ou...?

Ça fait maintenant une semaine que Dimanche est à la
maison. Une semaine complète.
Et, s'il arrive au chien d'Arthur
de mâchouiller parfois un bas
ou un crayon..., jamais, jamais
M. Belhumeur n'a reparlé de
s'en débarrasser.

Évidemment, Dimanche n'a
pas encore appris à apporter le
journal et les pantoufles d'André Belhumeur. Mais, depuis
hier, il ne tire plus sur sa laisse
et il s'assoit chaque fois qu'Arthur lui dit: «Assis!»

En fait, depuis qu'il sait qu'il

a le chien le plus courageux de toutes les galaxies, Arthur admet qu'à quatre mois, Dimanche ne saura ni aboyer jusqu'à dix, ni jouer au Monopoly.

Mais, même si Arthur est rassuré, il n'aime pas du tout cette visite-surprise de Charlotte Loiseau. Elle discute avec André Belhumeur, depuis une heure, sur le seuil de la porte.

Il sait par expérience que chaque fois que la bardasseuse de quilles traîne dans les parages..., il lui arrive un malheur. Il est terriblement méfiant aussi quand il voit son père, le sourire fendu jusqu'aux oreilles, lui raconter, un peu plus tard:

— Elle est bizarre, cette Charlotte Loiseau. Elle dit que, depuis l'affaire de la pancarte, elle a beaucoup réfléchi. Que si, par le passé, il lui est arrivé d'être un peu méchante, elle a beaucoup changé. Qu'elle est même prête à oublier cette histoire de chapeau et de jupon si... si j'accepte évidemment de jouer aux quilles, tous les jeudis, avec elle, comme avant.

Arthur, qui a l'impression d'avoir reçu une bombe atomique sur la tête..., pense d'abord que son père a accepté la proposition de Charlotte Loiseau.

Alors, il grimace. Puis il se dit, dégoûté: «Ou bien donc mon papa a la mémoire la plus courte de la terre! Ou bien donc mon papa est le plus lâche du pays!»

Enfin, pendant que M. Belhumeur sautille sur une patte, puis sur l'autre comme s'il était terriblement embarrassé..., Arthur, désespéré, se rappelle toutes les fois où, à cause de cette tapette à mouches de bardasseuse de quilles, il a dû se faire garder.

Toutes les fois aussi où il a dû suivre son père chez Charlotte Loiseau pour ou bien donc écouter des airs d'opéra..., ou bien donc avaler de force d'affreux bébés poulets! De monstrueux bébés oignons! D'abominables bébés navets!

Et, plus Arthur se rappelle..., plus il a une envie terrible de chialer. Mais juste avant d'éclater, il pense à la mère de Lulu Latreille. Celle qui a remplacé, Arthur aurait pu le jurer, la bardasseuse de quilles dans le coeur de son papa.

La preuve, Mme Latreille passe son temps à préparer des tonnes de biscuits à M. Belhumeur. Et Arthur sait que son père murmure chaque fois à l'oreille de Mme Latreille des paquets de «chérie» et de «ma chère». Alors, un éclair malicieux dans les yeux, Arthur dit à son papa:

— Je m'en fous, André Belhumeur, si tu rejoues aux quilles avec cette bardasseuse de quilles. Mais je suis certain qu'après..., la mère de Lulu refusera, pour toujours, de te cuisiner ou bien donc des biscuits à la mélasse..., ou bien donc des biscuits au chocolat.

Ensuite, Arthur court dans sa chambre, plonge sur son lit et se met à pleurer. Il pleure à gros bouillons quand il entend des petits cris au pied de son lit.

Il lève d'abord la tête. Mais dès qu'il aperçoit son bébé-basset, qui le fixe en gémissant comme s'il le comprenait vraiment..., Arthur repart de plus belle. Il aurait pleuré encore longtemps, si M. Belhumeur n'était pas apparu en disant:

— Bien voyons, Arthur... Tu ne demandes pas à ton papa ce qu'il a répondu à Charlotte Loiseau?

Arthur, qui ne veut rien savoir, cache d'abord la tête sous son oreiller..., mais il est super, hyper éberlué quand il entend son père lui raconter:

— Je lui ai dit... que jamais, jamais je ne rejouerais aux quilles avec elle! Que je préférerais me ruiner en lui achetant des dizaines de jupons et des centaines de chapeaux!

Arthur comprend finalement qu'il était dans les patates. Alors, il se jette dans les bras de son papa et il lui dit, parce que maintenant, il en est convaincu:

— Non seulement j'ai le chien le plus courageux de toutes les galaxies, mais j'ai aussi le papa le plus gentil de la terre, le papa le plus merveilleux du pays!

Enfin, quand un peu plus tard, M. Belhumeur s'allonge sur son lit pour la nuit..., il ne peut s'empêcher de penser à Arthur. Il se dit que depuis l'arrivée de Dimanche, son fils a bien changé! Qu'Arthur est devenu sérieux, aimable et qu'il ramasse même ses traîneries!

Bref, il est tout à fait certain qu'Arthur n'a plus dans la tête... ces vilains tours qui font dire à tout le monde que son fils est insupportable...

Mais, pendant que le papa d'Arthur pense à son fils chéri..., Arthur, qui encore une fois n'arrive pas à dormir, pense, lui aussi, à son papa. En caressant son Dimanche, il se dit justement qu'il ferait bien, demain, d'aller faire un petit tour au magasin de son père.

Il y a si longtemps, presque une éternité, qu'il n'a pas touché... à une petite bombe puante, à un pétard à mèche ou à du poil à gratter.

Comme André Belhumeur ne peut deviner tout ce qui se passe dans la tête de son fils..., il s'en-

dort un petit peu trop rassuré.
Mais ça..., c'est déjà une autre
histoire.

Table des matières

Achevé d'imprimer
sur les presses de Litho Acme Inc.